山水涛音

林宣雄 著

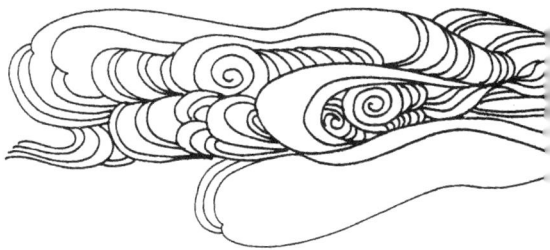

中国青年出版社

自序

苍穹下，壮美的自然与渺小的人生相交，勾勒出的是一段并不太长但却曲曲弯弯甚至缠绕的轨迹，那是人类生命在无限时空的投射，因呱呱坠地而有起点，因离开世界而呈现最后的休止。

站在生命的时点回望过往，每一个人都会选择难忘的一段来咀嚼。对于我来说，我的18年环保生涯是我难忘的岁月，18年的环保人生是我的风雨人生，穷困潦倒之后自然没有大富大贵，而诗却成了我的意外财富。大学校园风花雪月之诗大都已散失无存，而风雨人生成就的诗章却被人传抄而结集成册，这就是诗的力量和生命的哲学。

诗是滋养人心的，诗也是滋养人生的。18年的艰难环保实践，足迹遍及全国，在他乡孤单落寞的时候，在遭受种种打击甚至在人生灾难的时刻，只要诗心不灭，"环保天下，利益众生"的宏愿便在心中永远热烈。

足迹在大漠，心就会在大漠，大漠的荒凉自然会生起对绿色的呼唤："大漠风起卷万沙，天阔云淡不飞鸦。自古子民苦生息，何日撷翠荫万家。"而诗心的涌动又会萌发对中国环保理性的思考与思辨，洋洋万言的《环境是生存之本发展之基》之宏文便是思考思辨的产物。

"一觉醒来窗外天，天若灰霾人无免。长天如洗天长蓝，不应梦中儿时甜。"儿时对洁净环境美好的记忆如今只在梦中出现，这是人类的悲哀。《21世纪的中国呼唤第三种文明》，诗性唤起了理性，轻轻的诗心最早发出了21世纪的中国需要环境（生态）文明的喊声（1999年成文，2000年发表）。

经济的急速发展造成了环境的严重污染，湛蓝的天空灰霾了，穹顶之下，无人可以幸免——"红尘滚滚恶云生，千里雾霾人欲昏。饕餮自然才意得，未几末日已圄圄。"末日的景象触动诗心，感性的悸动上升为理性的思考——《中国环保到了预警时代》（此文成为顶级内参），这是预言式警告，诗心轻轻，喊声惊雷。

环保之路漫漫，其修远兮，吾将上下而求索。早春时节问道楼观，希翼从古老哲学中找真经、觅禅悟——"山野点点红，楼观道道春。欲解经深意，要问潜修人。"老道人的一句"真经不在殿堂在途中"，让我一时顿悟。

全世界没有好的环保理论（只有局部的小理论，没有大理论），欧洲经济发展发生了环境灾难，美国重蹈覆辙没有幸免，继而日本又在经济发展中爆发环境公害，发展中的中国同样陷入了环境灾难，好像不经过环境灾难就不能免疫，伟大的佛陀啊，您能教给人类什么？问道佛陀，祈求感应和启迪，我走进了灵山佛寺。佛音缭绕，我久久凝望："世尊俯视久，灵山多毓秀。渺渺人间苦，佛说要自修。"环保就是修行，一个春雨绵绵的日子，我走进了宜兴大觉寺，群山如莲花拱绕，佛寺被山峦轻轻环抱，独留西边缺口，似一片莲叶垂下，通向山门，及至云湖，似有感应，诗如清泉涌出——"莲花妙开承星云，收得天露云湖清。借来一方庄严土，十方法界传妙音。"环保的真经哪里寻？天人合一的"妙音"让谁听？庄严佛土啊，您对苦寻人有馈赠："武林山麓灵隐现，飞来峰对华严殿。千古馨香钟鼓绵，不到他处寻庄严。"庄严便至诚，至诚便有真得；佛寺有佛陀，灵隐又灵现，给我庄严，给我启迪。

2008 年是环保信息化和环保物联网发展的重要节点，环保部有史以来最大的软件项目招标在即，我赴北京进行调研，抽时间拜谒了天坛，花了一下午时间详细看了祈年殿，对周易之不易、周易之变易和周易之简易有了感性的认识，写下了"三月时节邀轻风，斜阳残照自不同。期年祈谷贯明清，宇宙苍生万古同"的诗句。诗意畅则心情畅，而心情畅则事情顺，没有悬疑的我顺利拿下了环保部的大单，奠定了环保信息化的重要基础。

全国的行走，感受春天的轻盈美丽和周而复始，一时的捕捉，化作即时的感悟，"雨洗千家屋，绿染万顷田。幽悠江南野，葱茏又一年。"有诗便没有行走的疲倦，有诗便有行走大自然满满的享受。

在途见生态涂炭之时，大自然会给我短暂而残缺的美，江南三月的江苏宜兴云湖，烟雨蒙蒙，如诗如画——"乳燕衔山色，苍翠烟雨稠。枕梦待曦至，寻径东寺楼。"北方夏月的陕西朱雀，月黑风高，入画入诗——"山风追黑呼，溪水和夜鸣。阁楼盛幽梦，不醒到天明。"同样的优美，只是少见而短暂，而环保就是要让这种美景随处可见，而且长长久久。

杭州雪湖之美，可遇不可求，恰好让早征之人在环保征途中巧遇，于是夜不能寐，临窗面对漫天飞雪，一时忘却人事纷纷扰扰，更一时困而不眠、觉后又醒——"才解爆竹辞旧意，又踏江南惊蛰里。夜宿钱塘飞玉絮，梦得雪壶煮桃李。"梦罢歌罢一觉到天明。

陪领导调研考察环保，登嘉兴南湖，一睹皇帝诗文墨宝——"南湖春来早，烟雨时飘渺。诗留乾隆兴，名重蓬莱岛。"乾隆几下江南，每每到嘉兴必登南湖，在他眼里南湖比蓬莱岛还好，看来南湖成为"一大"会址不仅借重其隐，更巧合历史的典故。

拒绝平庸，找寻人生韵味。2011年宜兴考生以一个小得不能再小、平常得不能再平常的当地小吃店"风沙渡"为背景写出了题为"拒绝平庸"的高考作文，获得满分并被破格录取到北大，宜兴市委书记王中苏先生几次接见环保名人和乡贤提及此事，赚足"胃口"，于是在环保征程的某日黄昏终于趸入此店，果然品出其不凡——"曾遣才俊出奇文，又赚浪客梦里寻。日暮乡关和其醉，方得浮生壶中韵。"此诗竟成日后西安交通大学馈赠的礼物，并得到书记的垂爱。

环保调研，走了三月的内蒙呼和浩特，天下塞北的壮美使得柳絮博士即兴邀我写诗——"天下塞北漠南阔，古走西口阴山宿。三月来风万里去，不可豪酒小杯酌。"是日晚宴，独我因事离开，事后他（她）们告诉我，那晚他们饮的是酒，醉的是诗。

十年做一梦，十年筑一网；环保物联网，中国最大，世界第一。我站在网上作了产业畅想："阿里秦岭长天下，互联物联网最大。借得玉龙三百万，玉宇澄清吾华夏。"阿里能进环保吗？阿里长天能合作吗？诗人又做起了环保产业梦。

今天的人类当然早已进入文明，而且千万年来，早已进入一种充分成熟的文明。人类的一切举止行为，好像应该都有一些心照不宣的公认前提。然而人类的最大悲剧，莫过于把并不存在的文明前提当作存在。文明的伤心处，不在于与蒙昧和野蛮的搏斗中伤痕累累，而在于把蒙昧和野蛮错看成文明。于是乎，明明是破坏环境，却美其名曰发展经济；保护环境、与破坏环境的行为作斗争却遭人暗算，甚至光天化日之下遭人殴打。悲悯天下，换来的却是一颗破碎的心——"天不识人吾自行，万难玉成菩提心。红尘皆醉风不劲，深山僻谷有魂灵。"诗心沧然唯有默唱"天殇"之歌（"天殇"一文刻在我办公室的墙上），一隅的默唱会变成日后的惊雷。

环保的求索自然会复归于对生命的追问和对宇

宙源头的找寻——"宇宙源头何处寻，广义量子有霍金。天祈大限未及至，黑洞启开蒙昧心。"感佩霍金的情怀和心力以及伟大的研究，同时又思考自己生命的宿主和意义。

他山之石，可以攻玉——"万里飞鸿度大洋，踏落米国是三藩。信马夷地用心访，小觅生态大文章。"美国生态之好、环境之美，诗意终于在Highway 1的17MileDrive自然而然"爆发"了——"海抱碧来山拢翠，波涛妆汝柏相随。都说苏杭天下美，无到此处奈何谁。"借鉴美国，学习美国，诗心在胸，飞腾的步伐自然跃在中国的环保足下。

从韩国到日本，看环保技术，看环保产品，寻找环保真经，步履急急，行程匆匆，才踏韩国，又落日本——"汉江热风首尔柔，札幌寒意街鸦愁。曾遣倭夷说旧事，寻经环保不干戈。"日本的干净和文明让人感叹，又让人不解过去对中国的侵略，历史的一页翻过去了，我们为环保而来，为保护地球而来，有什么理由动干戈呢？未来不是梦，未来不动干戈。

夏月，骄阳灼灼，应邀到北戴河开讲中国环保秦岭模式，难得的爽心，课程之余赚得垂钓，茫茫大海一杆落，一钩起，一时诗兴，无以自已——"北戴河沿戏咸水，波涛徐来浪漫堆。人生事多垂钩难，杆落西日鱼在催。"杆起杆落，钩钩无鱼，是钩钩无虞啊，姜太公钓鱼，愿者上钩，人生的这般闲情让鱼儿艳美，人类的这般笨拙让鱼儿相催。

征夫泪，是感怀，也是感伤，凭吊清东陵，找寻清朝盛极而衰的理由，结果却偏离了主题独青睐了征夫——"燕山昌瑞卧帝王，清室江山始无疆。红日东升西边落，总是征夫清泪殇。"吟毕忽觉自己就是征夫，是另一时空的征夫，环保的征夫，不同的是，自己是环保自觉自愿的征夫。

东坡的诗和故事印刻脑际，一代诗人和政治家贬死他乡，让人唏嘘，又让人升起历史的愤慨——"才志双具少坦途，颠沛流离大宋苏。君之失道国运衰，纵使圣俊无奈何。"想到眼下的环保，诗已经是呐喊了。

参加宜兴秋洽会，捕捉到故乡云湖落日之美，久久凝视，日落西山，诗落心头——"茅山东走入镜湖，铜盆倒置扣金珠。登高凭栏对落日，直追西霞一抹无。"这般美丽，永远留在了心底。

叹神奇，找源头，更要保护江南的明珠，太湖"三白"。太湖水，太湖蓝藻，人之罪，循太湖西岸而走，家乡人告诉我，太湖之大有近三千平方公里（这个三千暗合了佛教的三千大千世界），又恰似人的手掌，闻之一时止步，向东凝望，知道是姑苏，但看不到，于是吟了："荆溪水流震泽堤，浩淼三千到天际。从来造化多神奇，恰似掌拍姑苏西。"了却了澎湃的心情。

饮故乡漏河水，捧一把家乡秋天的乡愁，"浩淼漪涟芦苇抖，秋风飘零一湖愁。但使金樽共对月，金沙铺底星星稠。"那次第，至今让我难以忘怀金沙铺底、天下独特的家乡漏河，那波、那纹、那一汪秋水。

"人类，万物之灵啊，竟可以这样无度的、残忍的掠夺着自然资源，竟可以这样麻木的破坏着环境，竟可以这样沉湎于竭泽而渔的财富积聚，这真正是人类的悲歌，这真正是现代文明中的愚昧，这真正是人类万劫不复的天殇。"这是我《天殇》一文中的一段。在秋天的深圳，在环保的征途之中，秋雨绵绵，夜不能寐，临窗观雨，一时天殇之虞、天殇之感集聚于胸，山离海接，秋雨无住，点滴成愁——"莲花山离梧桐山，南海水接鹏城南。秋雨更深落无住，犹有孤芳念天殇。"环保之路遥遥，秋雨之沥绵绵，那次第，怎一个殇字了得。

在美国，奥德威在19世纪末期创作的《梦见家和母亲》Dreaming of Home and Mother 歌曲流传于美国南北，其日本版是词作家犬童球溪的《旅愁》，其中国版是李叔同（弘一大师）的《送别》，这三首歌曲一脉相承，至今家喻户晓，也是我的最爱。2008年我在拿下环保部大单后来到厦门享受做环保10年来的第一次休假，住在金沙湾宾馆。这是海边的酒店，当地友人热情接待了我，几天后我回请他们准备离开，把盏言谢辞别人散去，时间正是斯日黄昏后，我独自一人来到海边，大海滔滔夕阳不济，环保路途漫漫不见知己，一时心潮涌动创作了《辞别》后续版，"苍穹下，浪涛边，孤帆远连天。

残阳细雨风声急，万里漠外天。 天无涯，海无堤，知交何处觅。一壶浊酒解忧愁，今宵可成眠"。"苍穹下，浪涛边，孤帆远连天"，我在看海，波涛汹涌，一叶孤舟离我而去，驶向海天相连的天边，"残阳细雨风声急"，细雨伴黄昏，很好！可是有风相迫，一点也不怜悯我这可怜的环保之人，想到"万里漠外天"，于是感慨"天无涯，海无堤，知交何处觅"。10年环保艰难路，报国之心谁人识？！有共识的环保知音哪里找？"一壶浊酒解忧愁，今宵可成眠"，落难之后留下夜夜难眠的后遗症，今夜又来临，今宵可成眠？

"太湖美呀，太湖美，美就美在太湖水，……"泛舟湖上揽秋胜，湖中草庐可痛饮，国庆长假终于和友人登舟来到了湖心的"美庐"草屋。一瓮绍兴黄酒，地道可口，雌蟹雄蟹个个肥满，难得的秋心荡漾，难得的酣畅淋漓，更有细风劲雨相伴，景醉人醉，真是水上世外桃源啊——"一湖一桌一瓮酒，漫风骤雨品高秋。醉罢弄舟推浪起，觅得桃源与谁游？"这美景进一步激发我想搞基于生态监测环保物联网的总量控制环太湖排污权交易云计算系统（以我们在青岛胶州的成功实践为基础），以苏州的经济基础和GDP规模，进一步可以搞排污权期权期货和环境金融，用环保推动苏州经济的快速升级转型，这是更好的保护，也是更好的发展。发展和保护并不矛盾，发展和保护可以统一起来。

频繁的出差，事业的挫折，与亲人的离别，他乡的孤寂，想到没有尽头的环保征程内心一时涌起淡淡的忧伤——"琴岛有水隔三秋，岭南无霜看万红。温故欲说千般好，孤衾拭泪在梦中。"诗是感伤，也是抚慰；诗出来了，殇也就没有了。

循环经济需要无漏结的循环技术，飞冲绳，转鹿儿岛，觅得神奇的、堪称当今世界上最好的好氧超高温发酵 YM 菌，颠覆的事实、神奇的污泥及废弃物处理效果，使得我对地球的未来充满了信心："火山涅槃入凡尘，道化污腐藉神明。无漏无结大循环，泽被宇宙济苍生。"这种诗意浓浓久久的把环保之心燃烧了起来。

环保信息化如何搞众说纷纭，仁者见仁，智者见智，在全国没有共识，更是受到利益集团的"挟持"和伪科学的纷扰。我倾心于信息化 1NM1 模型的研究，一次推演其信息熵公式 $E=\prod_{i=1}^{N} C_i \prod_{j=1}^{M} D_j$ 时竟误了高铁，面对飞逝而去的列车，面对空荡荡的候车室和孤零零的自己，没有怅然，而是神定之诗意盎然——"晨蔓欲迷天，近野不现前。待那红日出，谁能遮望眼。"诗意的胸蕴把失意、忧愁、不解和"愤懑"统统扔到远去的"逝物"里去了。

生态环境多重要，景美诗美，好景好诗赚得客人来，一首"云太非五岳，奇秀胜三山。拾步秋闲里，问樵在云巅"在朋友圈分享后赚来电话，相约要一游诗中美景，诗有多么大的召唤力啊，旅游公司不时摘录自己的小诗是聪明也是共鸣。

经历人生的挫折，经过痛的思考，出差住在儿子就学的清华，在朱自清散文《荷塘月色》诞生的地方。在即将而犹未落暮的时分，《荷塘月色》的咏诵随风飘来，太阳不忍离去，秋荷轻轻摇摆，婉约之极而又推起底下水面的波纹，婉约摇摆，豪迈波起——"秋荷映水绿趣疏，斜阳残照着意多。旧赋已逝婉约在，新韵又起阑珊初。"正是婉约阑珊处，豪迈昂起时，婉约就是淡定优雅的对艰难的坚持，坚持到底必定是豪迈的开始。诗以咏志，最不张狂，但最深沉、最深刻。

大漠的雄浑总给我特殊的感觉，神木的环保之行，大雨彰显着大漠的神奇，又升起雨中的诗意，"大雨走三界，秦晋蒙特别。秋寒急来意，沱沱大漠斜。"大漠唯其荒凉显其苍凉，披上绿装会使其惊艳吗？环保人是遐想的，也是用行动来期盼的。

环境退化，沙漠横生，我驱车独自考察了内蒙古的响沙湾，万亩沙漠让我震惊，颠覆了我心中对内蒙大草原的印象，"黄沙声声驱翠微，慈母呻吟不泪流。苍穹底下一寰宇，万年之后可载人？"这是心痛的诗句，这是沉痛的吟唱，"壁立百仞红土山，寸草不长究荒凉。何日借得黄河水，万千年来化一妆。"这是我在青海海南寻访时写下的红土山祭，大自然的荒凉总使我心殇，好好保护环境啊，要让心殇远去。

公司是事业的承载，也是环保的平台，筑基于古都西安的长天和实现东进战略而在宜兴成立的天长承载着环保人全部的使命、责任和希望，"长天天长是宜兴，西北江南一样情。竹海推涛来潮意，玛雅警后生态行。"使命感和诗意浑然一体，诗借人以力量，人借诗以咏志。

大诗人苏东坡的曲折仕途、颠沛流离生涯和生命追求足以让人膜拜，并启发激励后人，环保征途间歇在家乡拜谒东坡书院时，冬日飘零的雪花融化了孤客一时的寒意，"雪落画溪流无住，坡恋蜀山筑有墅。原来俊杰贬事多，究竟终老费上疏。"诗人欲置阳羡（我的家乡宜兴）一地作终老，可是未及上疏已贬离。

环保的行走巧合了大诗人苏东坡贬谪的路线，海南海口是诗人最后的贬谪地，落日下面对诗人高大的塑像，自己分明听到了诗人的吟唱，"垂垂老矣不是头，遥遥琼州何处投。长风吹浪天落合，又闻幽吟椰林后。"

斗室关不住雄心，黑屋泯灭不了信念，人的坚强来自于心，而心的坚强又源自诗的塑造，"手持本经心有佛，斗室之外天高阔。人生自有不平事，笃信世尊可佑我。"诗心之铜墙铁壁固若金汤，世上没有任何力量可以摧毁。

对干净环境的渴望会呼唤雪，雪可以净化大地，因而对雪的渴望会变成对雪的欢呼，2009年北京的第一场大雪来得出奇的早，我穿着薄衣出差在北京与这场大雪不期而遇，没有寒意，只有欢呼，"雪花纷飞都城白，忽如一夜梨花开。客蹰巷陌无寒意，欢呼华夏丰年来。"

陕西洽川黄河湿地之美，虽是冬天，仍能感觉时令远去生态枯去之美，洽川又是诗经孕育诞生的地方，一时诗兴萌发，但又缘于诗经之地而难以下笔，也碍此不敢随意涂鸦，"文王好逑太姒歌，十里蒹葭关雎洲。暖冰覆水浪前壁，风颂诗经雅后愁。"心情又好又有些纠结，所幸愁后有韵，韵之有味。

对天地之悯，对人类之怜，莫不跃然诗上，"寒九溯风过地间，寥落午时道正闲。京城繁华说不尽，犹有浪客裹袋眠。"北京是环保部所在地，是我最频繁去的地方，也是事业最重要的地方，在北京地下走道看到的这一幕，至今萦绕不绝。

2014年古城西安的第一场雪下在晚上11点之后的子时，独依窗棂看黑夜飘落的白雪，心里想污浊的空气多么需要一场大雪啊，而斯时雪越下越大，夜越来越深，心越来越静，于是有了诗的前两句，感觉不错，人就被诗拖向深处——"白雪黑夜中，冷落四野同。晓看无秽处，只有暖日东。"随之乘兴把诗发到了微博，那时子夜已过，要上床睡觉时内心忽然不安了起来，心想明日如果继续下雪就不会出太阳，阴天也很有可能，如果这样，那诗的后两句不就是打诳语了嘛。第二天早起开车去上班，虽然雪已停，但皑皑白雪没有太阳，开车西行与失望后悔同行，但刚过绕城高速转盘，循左窗东望，一轮圆圆满满的红日爬上地平线照耀东方，于是我停车拍下这一景象，内心感叹诗真是与大自然同在，诗是预言，诗真的不打诳语。

"绿绒追白云，尽处天地吻。寥落广袤间，宇宙一微尘。"在美国大提顿，蓝天挂白云为帐，大地铺绿绒为床，置身在这广袤的天地之间，自己对环保大道真理的求索虽犹如微尘之于宇宙但不放弃。"孤山芝水司马迁，长冬浮云落日圆。五体开记千古事，无韵离骚鉴通天。"我更以司马迁之精神激励自己而不抛弃，天道酬勤，终于京城的三更半夜开悟发现了环境黄金律（环境黄金律是人类调节与自然的关系的根本规律），并基于此于2014年7月30日在世界上首次发布了环境综合指数ECI。这种发现的惊喜久久滋养求索之心，在三亚飞西安的飞机上我用隐晦的诗句表达了这种欣喜："中国心离南海端，长安三亚一线牵。无独天涯捧海角，偶有钟南拱岭巅。"偶有是幸运，也是必然。

秦岭西接祁连山和昆仑山，东边在河南与淮河相合，中间部分是陕西西安的终南山，孕育了13个朝代，整个秦岭自西向东全长1600余公里，窄的部分只有二三十公里，宽的部分近200公里，山脉绵延不绝，中间没有被任何山川河流所阻隔和打断，终成中国南北气候之划分。我独爱秦岭，无数次登攀与秦岭结下了不解的情缘，秦岭是壮美的，秦岭是诗意的——"东濯淮水西昆仑，隆贯龙脉南北分。梵磬终南十三朝，说与后人势繁纷。"秦岭又是哲思的，秦岭又是启迪的，秦岭让我想到了中国环保需要一条主线，抓住这条主线需要合适的模式，这就是秦岭模式，这就是被媒体广泛报道的"中国环保秦岭模式"。

诗意入禅，智慧打开，惠能六祖的妙偈便是例证，"菩提本无树，明镜亦非台。本来无一物，何处惹尘埃。"诗意入禅，便生智慧；诗意入禅，便是智慧。

山河有形，万物有灵，生命有情，诗是波澜跌宕抑扬顿挫人生的节点记录，我的诗基本上发生在18年的环保路上，18年来，为了环保走了全国30个省300多个地市，真可谓环保人生，风雨人生，也可谓是诗化人生，诗意人生。诗化生活得有一条清晰的主线得以串拢和构造，对于我来说，这条主线就是环保，不知是环保成就了诗，还是诗成就了环保。

幼小对诗的沾染便成一生的涂抹，涂鸦何尝不是一种诗意阑珊，诗是心情的崇高宣泄，心情沧然便成诗意苍然，生命沧然而心意崇高，境况凄然而诗骨傲然。

大自然美的一刻是纯化安定心灵的，诗是心灵的画笔，诗是诗意人生的心灵鸡汤，赚得好诗如通灵。大自然如有神助滋润你的心田，慷慨地拿天地给你没有吝啬的褒奖，得一诗便富有，把孤寂的心灵抚慰得千般柔软，万般愉悦。诗是大自然壮美在你心灵的映射，是大自然之溪之泉在你心灵的流淌，生生的酥软你的肺腑，遍及心灵四周。

诗是高度概括的，具象而又抽象，近的又是远的，景在咫尺，意在万里；诗是静的、定的，又是呐喊的、狂野的；诗不是把景象当宠物，眼皮底下、手掌之中把玩，而是点景成弓、开弓万里而使诗意具有无限的开度。

诗是吟唱不是呻吟。呻吟是病态，吟唱是演绎。诗是特别健康的舞台表演，诗是生命的大写意，诗是崇高的，诗是唯美的。

诗是发现，诗是大自然美的发现；诗是馈赠，诗是大自然对诗心的馈赠。

诗是梦中恋人，诗是人生情人，诗是生活爱人，诗给你失意时无限的呵护。

18年的时间跨度，天南地北交替循环演绎春夏秋冬之时空，一条主线串接了探索、实践、感悟的主题，这散文式的序，是环保与诗的蒙太奇。

将中国环保进行到底，愿我的诗意人生迎来中国环保的拐点，2025年，一个大拐点。

目录

初秋吟

寒雨横天地，
秋凉侵苍夷。
万绿秋中衰，
春色一时稀。

1985 年于浙江

日暮雨虹

暮雨复斜阳，
红满东山庄。
彩虹悬半空，
人在拱门中。

1986年9月18日于西安交大校园

和美国同学下围棋

弈棋臻更深，
静悄独二人。
邀下窗外月，
用尽天边星。

1987 年 10 月 6 日于西安交大

山水诗音

和同学宿舍饮酒

夜来好大风，
把酒对星空。
凉意窗边来，
醉意在心中。

1988 年 9 月 9 日于西安交大

读张学良杂感

半百生涯付樊笼，
当年少帅今老翁。
世事不堪细玩味，
人生犹如一场梦。

1988 年 12 月

山水清音

山水清音

杂感

洋货涌国门，
黄河流外津。
长忆则徐君，
嗟何一代人。

1989 年 7 月

杜甫草堂

幽幽翠竹通幽处，
曲曲小桥几迷途。
园深林茂人更多，
穿廊越屋寻杜甫。

1989 年 9 月

谒黄帝陵

千古一帝轩辕陵，
万方绽绿此登临。
浩茫烟云五千载，
不老青天不老人。

1992年于陕西黄帝陵

山水诗音

写给一位老教授

光阴荏苒背微弯，
华年早逝两鬓衰。
十年风雨几沉浮，
卅载勤勉育新人。
呕心哪问耕耘苦，
沥血但求学业精。
清风两袖无憾意，
常乐天下满桃李。

1995 年 10 月 1 日于西安交大校园

山水诗音

山村大学生

青石写竖横，
牛背驮书声。
金榜中头名，
全乡送一人。

1996 年 9 月 10 日于西安交大校园

无题

半夜惊秋雨，

梦中听雨声。

绿叶复垂落，

又添泥中尘。

1996年11月2日于西安

无题

风轻花弱春有时，
柳绿桃红君先知。
天涯飘零嗟何及，
心无幽香云露滋。

2000 年 4 月于西安

囚歌

手持本经心有佛，
斗室之外天高阔。
人间自有不平事，
笃信世尊可佑我。

2007 年 2 月于西安菊花园百合大厦

奉和成进校长之"青龙寺赏樱"

樱花烂漫几多时?
柳绿桃红两未知。
寺前何需风解意,
幽香满径春满池。

2008 年 3 月 25 日于西安

谒天坛

三月时节邀轻风，
斜阳残照自不同。
期年祈谷贯明清，
宇宙苍生万古同。

2008 年 3 月 26 日于北京

谒地坛

艳阳高照万物酥，
皇地风劲似流苏。
天青地黄须时日，
上圆下方亘今古。

2008 年 3 月 27 日于北京

无题

暮色无语他乡寂，
心无春意草木枯。
任凭长天空留意，
隅居他乡好宣泄。

2008 年 6 月 5 日于北京

山水诗音

无题

浩瀚宇宙无疆，
人生有崖苍茫。
心阔则天地阔，
心大则万事容。

2008 年 6 月 20 日于西安

澳洲行

万里扶摇抵洋洲，
岛国四野极目收。
浪打白云蓝天阔，
春色漫迷夷人瘦。

2008 年 10 月于澳洲悉尼

山水涛音

辞别

苍穹下，浪涛边，
孤帆远连天。
残阳细雨风声急，
万里漠外天。

天无涯，海无堤，
知交何处觅。
一壶浊酒解忧愁，
今宵可成眠。

2008 年 11 月 8 日于厦门

湘·秋·雨

秋压秋云秋低沉，
湘江北去独黄昏。
万空变换水千束，
游鹤纸伞无限秋。

2008 年 11 月 5 日于长沙

山水清音

无题

无限寒都，
降千仞雪，
道是荒凉如故。
更兼一时谬语，
只落得仓皇东顾。
无限心情，
一时无语。
中原凭栏，
把酒青天，
赢几许眷顾。

2008 年 12 月 3 日于郑州

无题

夜漫漫，风飒飒。

青灯下，旅人愁眠对窗外。

老歌一曲忆旧日，

凝语泪眸念天下。

黄沙白雪，

卷裹了多少年华。

抬望眼，

皱纹乍起，

更有无数白发。

俱往矣，

一任寒心萧杀。

2008 年 12 月 4 日于郑州

陇上行

大漠风起卷万沙，
天阔云淡不飞鸦。
自古子民苦生息，
何日撷翠荫万家。

2009 年 4 月 11 日于兰州

三峡大坝

夷陵坪上缚长龙，
一江天水柔楚风。
天人合一是究竟，
今人欲作李冰颂。

2009 年 5 月 7 日于宜昌三峡坝

山水清音

韶山·毛泽东故居

韶乐由来久，
青山溪水新。
千嶂百廻里，
伟人出冲鸣。

2009 年 5 月 23 日于韶山

韶山·毛泽东诗词碑林

无限江山情，

咏作万世韵。

千里寻觅意，

幽幽白云心。

2009 年 5 月 23 日于韶山

027

凭吊灵鹫禅寺

倭寇邪火烧不尽，
元时古寺有遗韵。
古积金坳锁毓秀，
白云青山静悠悠。

2009 年 6 月 23 日于北京房山

龙背山·竹园

龙背山上荫竹林，
秋阳似火翠隐吟。
苍茫空绝卧深处，
听凭风雨潇潇行。

2009 年 8 月 20 日于江苏宜兴

谒昭君墓

落雁千古美，
塞外青冢秋。
匈汉天下事，
担承是女子。

2009 年 9 月 12 日于内蒙古呼和浩特

谒成吉思汗陵

铁骑踏远洲，
刀矢随心欲。
横扫亚与欧，
大蒙古国酬。

2009 年 9 月 12 日于内蒙

山水清音

鄂尔多斯行

阴山隔南北，
草原写秋愁。
心随白云远，
芳晚难自留。

2009 年 9 月 15 日于鄂尔多斯

响沙湾祭

黄沙声声驱翠微，
慈母呻吟不泪流。
苍穹底下一寰宇，
万年之后可载人。

2009 年 9 月 16 日于内蒙古

山水诗音

夕阳西垂

夕阳近山林，
秋风伴我行。
喧闹都城外，
偶作一山民。

2009 年 9 月 23 日于西安南山

再咏北京第一场雪

雪花纷飞都城白，
忽如一夜梨花开。
客躅巷陌无寒意，
欢呼华夏丰年来。

2009 年 11 月 1 日于北京

雷锋塔上观西湖

天高鸟飞绝，
秋深湖水深。
孑孑北蛮客，
幽悠江南心。

2009 年 11 月 4 日于杭州

萧山湘湖风景区纪行

西山湖畔夕阳落，
寒径孤亭叶簇簇。
城山怀古追吴越，
不尽江山不尽说。

2009 年 12 月 4 日于杭州

咏太平森林公园山

山深溪水急，
春薄苍翠滴。
拾级登高处，
性空心自霁。

2010 年 4 月 30 日于西安太平森林公园

咏太平森林公园之彩虹瀑布

百寻白练自天来，
飞流急坠不复还。
大海浪里意未尽，
润泽桑梓无徘徊。

2010 年 4 月 30 日于西安太平森林公园

东莞行

仲夏南行日当午，
骄阳似箭绿万物。
山川大地何锦绣，
悲悯天下多呵护。

2010 年 8 月 5 日 于广东东莞

广东青海行

才染南国一片绿，
又踏北漠一片青。
同为夏末启秋时，
却是山异水亦殊。

2010 年 8 月 7 日于去青海途中

青海行

午夜抵西宁，
哈达披我身。
助学是大事，
千里不虚行。

2010 年 8 月 7 日于青海西

拜达昌寺

慈雨倾盆泥山路，

谒庙拜佛心无阻。

才旦夏茸一世庭，

流光异彩有雷霆。

2010 年 8 月 7 日于青海

海东行

宗嘎巴山峰叠峦，
白云朵朵映青帐。
广袤地域人迹稀，
大美青海我丈量。

2010 年 8 月 8 日于青海海东

山水诗音

贵德行

牛羊吻草绿，
白云拂青峰。
蜿蜒依山行，
一路饮长风。

2010 年 8 月 9 日于青海

山水诗音

藏文化

藏文早自唐时有，
吞弥桑布扎创就。
仓央嘉措情诗美，
格萨尔王传千秋。

2010 年 8 月 9 日于青海西宁藏文化博物馆

红土山祭

壁立百仞红土山，
寸草不长究荒凉。
何日借得黄河水，
万千年来化一妆。

2010 年 8 月 9 日于青海海南

山水清音

西子之歌

又凭轩窗望西湖，
远山映水浊即无。
心事环保天涯路，
独走苏杭心亦孤。

2010 年 8 月 18 日于杭州

山水清音

灵隐寺

武林山麓灵隐现，
飞来峰对华严殿。
千古馨香钟鼓绵，
不到它处寻庄严。

2010 年 8 月 18 日于杭州灵隐寺

049

山水清音

朝辞北京遇雨

京城朝雨车行急，
迷朦帝都灯稀寂。
朝来夕去寻常事，
花开花落竟相疾。

2010 年 8 月 21 日于北京机场高速

送子入学

水木清华又见秋，
千里送子情悠幽。
巢无风雨难振翅，
放飞世界凭高啾。

2010 年 8 月 26 日于清华园

山水清音

圆明园祭

十里秋荷十里香，
曾历夷火成蛮荒。
残垣断壁揪心处，
当是吾侪万年殇。

2010 年 8 月 28 日于圆明园

自京赴沪参加佘山微软会

京沪一飞鸿，
暮落自不同。
潇潇秋凉意，
急奔佘山中。

2010年9月15日于徐浦桥上

山水清音

灵山大佛

世尊俯视久，
灵山多毓秀。
渺渺人间苦，
佛说要自修。

2010 年 9 月 17 日于无锡灵山

铜官山静乐寺

静乐古寺唐乾元，
姑苏老人守多年。
庙前流水竹万千，
何日香火可空前。

2010 年 9 月 18 日于宜兴铜官山

山水诗音

荷塘夕色

秋荷映水绿趣疏，
斜阳残照着意多。
旧赋已逝婉约在，
新韵又起阑珊初。

2010 年 10 月 7 日于清华园

扫墓纪行

荒野一点红，
春是冬非中。
未及清明时，
祭先行匆匆。

2011 年 3 月 30 日于北京至无锡动车中

宿杭州遇雪

才解爆竹辞旧意，
又踏江南惊蛰里。
夜宿钱塘飞玉絮，
梦得雪壶煮桃李。

2011年4月5日于杭州

楼观春早

山野点点红，
楼观道道春。
欲解经深意，
要问潜修人。

2011 年 4 月 11 日于终南山环山路上

香溪行

香溪林密香溪深，
纯阳洞里有洞宾。
拾级天梯登穹顶，
不知玉皇可宠幸。

2011 年 6 月 11 日于安康香溪洞

瀛湖游

千峰百峦汇瀛湖，
涟动涟摇作鉴梳。
两岸青山随风去，
一抹清波心儿酥。

2011 年 6 月 11 日于安康瀛湖

梅雨嘉善行

云雨堆梅来，
柔润入扉怀。
苍茫看世界，
寥廓无所碍。

2011 年 6 月 18 日于申嘉湖高速路上

夜漫西湖

六月西子夜色中，
灯影婆娑自不同。
遥想亘古几多事，
最是白公惹春红。

2011 年 6 月 21 日于杭州西湖北岸星巴克亭下

山水清音

遇雾偶感

晨蔓欲迷天，
近野不现前。
待那红日出，
谁能遮望眼。

2011 年 9 月 23 日于京西火车上

北戴河·雨

独守秋雨万里涛，
后壁梁上作远眺。
难眠长夜心绪稠，
只有浊浪乐陶陶。

2011 年 10 月 5 日秦皇岛北戴河

山·海·城·雨

莲花山离梧桐山，
南海水接鹏城南。
秋雨更深落无住，
犹有孤芳念天殇。

2011 年 10 月 13 日于深圳彭年酒店

见小学同学邱军

时光倏尔卅六载，
黑五又见红小鬼。
命运弄人奈何谁，
金陵夜话已尽杯。

2011年10月16日于南京湖滨金陵饭店

竹海日出

红日一尺高，
云雾竞缭绕。
脚踏故乡路，
心听万里涛。

2011 年 10 月 18 日于江苏宜兴竹海国际会议中心

云端遐想

云海无垠空绚丽，
浓淡疏密絮万里。
飞舟高翔逐日去，
不酬壮志犹坠地。

2011 年 11 月 5 日于北京至西安 MU2114 航班上

静乐寺废墟祭

背靠青山有一寺，
脚踏泥径几方田。
天台中兴唐乾元，
何日磬渔清风闲。

2011 年 11 月 19 日于江苏宜兴丁蜀

大连咏雪

冬日薄雾细雪闲，

星海无字写大连。

三面有水北有路，

天高海阔好人间。

2011 年 12 月 7 日于大连

山水清音

冬眠

寒九溯风过地间，
寥落午时道正闲。
京城繁华说不尽，
犹有浪客裹袋眠。

2011年12月9日于北京西苑饭店东

无题

十五阳羡雨纷纷，

路上浪子别样情。

风雨之中故乡路，

揖别旧里京都行。

2012 年 2 月 6 日于宜兴

师生黄陵祭

雨打三月朝圣路，
天赐晴时谒始祖。
卅载离别桥山聚，
从此天涯不相疏。

2012 年 3 月 23 日于西安

风沙渡

曾遣才俊出奇文，
又赚浪客梦里寻。
日暮乡关和其醉，
方得浮生壶中韵。

2011 年 3 月 25 日于宜兴风沙渡

阴山思胡马

天下塞北漠南阔，
古走西口阴山宿。
三月来风万里去，
不可豪酒小杯酌。

2012 年 3 月 30 日于呼和浩特郊外

长春行

久违东北行无阻，
雪尽丽日万物苏。
江南走过折返北，
车城春意心中驻。

2012 年 4 月 6 日于吉林长春

山水涛音

陪南大陈祖州教授谒黄陵

峰聚桥山入黄陵，
华夏千脉时谛听。
江南后裔来意殷，
何止苍翠踏翠心。

2012 年 4 月于陕西黄陵县

杭京高铁离江南

雨洗千家屋，

绿染万顷田。

幽悠江南野，

葱茏又一年。

2012 年 4 月 29 日于杭京高速嘉兴段

赠辉哥

兆女相辉艳，
林中无鸟喧。
京城无限好，
不若废都闲。
浮生多杂事，
还得踏桑田。
满目苍山在，
痛饮便圣贤。

2012 年 5 月 24 日于西安

咏苏轼

才志双具少坦途，
颠沛流离大宋苏。
君之失道国运衰，
纵使圣俊无奈何。

2012 年 7 月 5 日于西安

杂感

天不识人吾自行，
万难玉成菩提心。
红尘皆醉风不劲，
深山僻谷有魂灵。

2012 年 7 月 18 日于西安

颂霍金

宇宙源头何处寻，
广义量子有霍金。
天祈大限未及至，
黑洞启开蒙昧心。

2012 年 7 月 24 日于上海

水浒咏

上瞒下乱起烽烟，
梁山泊上动刀剑。
天下无道官吏黑，
政通人和方圣贤。

2012 年 7 月 27 日于浙江嘉善

清东陵

燕山昌瑞卧帝王，
清室江山始无疆。
红日东升西边落，
总是征夫清泪殇。

2012 年 8 月 7 日于河北保定涞水

山水涛音

咏康熙

巧借龙儿取探花，
文韬武略少年华。
心存天下能忍受，
一代帝王世代夸。

2012 年 8 月 31 日于北京

滆湖饮

浩淼漪涟芦苇抖，

秋风飘零一湖愁。

但使金樽共对月，

金沙铺底星星稠。

2012 年 9 月 10 日于江苏宜兴

太湖

荆溪水流震泽堤，

浩淼三千到天际。

从来造化多神奇，

恰似掌拍姑苏西。

2012年10月14日于江苏宜兴

山水诗音

长兴古银杏群落

光武兴汉治绩殊，
八都岕上曾受辱。
万甲卸戎说秋事，
皇侯无来兵心枯。

2012 年 10 月 16 日于浙江

乌镇

乌镇西栅水巷长，
格物怀古心幽香。
雨读桥边郎无觅，
西埠豁口妹泪殇。

2012 年 11 月 4 日于浙江乌镇

雪咏

雪花翻飞白万野，
冬日北国是豪宴。
举杯漫对长天阔，
诗人兴致更无前。

2012 年 12 月 3 日于吉林长春

山小涛音

竹海居 · 长天人

长天天长是宜兴，
西北江南一样情。
竹海推涛来潮意，
玛雅警后生态行。

2012 年 12 月 7 日于江苏宜兴竹海

茗岭黄塔

苏南峰之最，
黄塔神来绘。
溪水长长流，
心酥风风吹。

2012 年 12 月 7 日于江苏宜兴

东坡书院

雪落画溪流无住，
坡恋蜀山筑有墅。
原来俊杰贬事多，
究竟终老费上疏。

2013 年 1 月 6 日江苏宜兴东坡书院

宜兴大觉寺

莲花妙开承星云，
收得天露云湖清。
借来一方庄严土，
十方法界传妙音。

2013 年 2 月 26 日于江苏宜兴大觉寺

晨思

一觉醒来窗外天，
天若灰霾人无免。
长天如洗天长蓝，
不应梦中儿时甜。

2013 年 3 月 11 日于北京清华近春园

高凤翰纪念馆题记

三里河水养凤翰，
命运多桀五艺全。
诗书画篆还治印，
扬州八怪最君殇。

2013 年 4 月 16 日于青岛胶州

黄山

曾经海洋又冰川，

而今雄秀峰叠峦。

栖真偏爱始祖后，

从此霞客不看山。

2013 年 5 月 1 日黄山

再访美国

万里飞鸿渡大洋，
踏落米国是三藩。
信马夷地用心访，
小觅生态大文章。

2013 年 6 月 30 日于美国旧金山

山水涛音

信马由缰在美国一号公路

千里银蛇走海边，

万顷波涛竞相连。

无际山峦风雾后，

饮马小镇湾水间。

2013 年 7 月 3 日于美国加州蒙特雷

17Mile Drive

海抱碧来山拢翠，
波涛妆汝柏相随。
都说苏杭天下美，
无到此处奈何谁。

2013 年 7 月 3 日于美国加州卡梅尔镇

山水诗音

大提顿

绿绒追白云，
尽处天地吻。
寥落广袤间，
宇宙一微尘。

2013 年 7 月 10 日于美国大提顿国家公园

黄石公园

天坠奇葩美利坚，
地织锦绣黄石园。
万千造化眼力浅，
心追幽绿云水间。

2013 年 7 月 12 日于美国黄石国家公园

神木雨行

大雨走三界，
秦晋蒙特别。
秋寒急来意，
沱沱大漠斜。

2013 年 9 月 17 日于陕西榆林神木

九寨沟

九道弯拐九寨沟，
百多海子卓玛愁。
秋黄入水可鉴梳，
仙女妆罢入闺楼。

2013 年 9 月 23 日雨晨于九寨沟

宜兴云湖

茅山东走入镜湖，

铜盆倒置扣金珠。

登高凭栏对落日，

直追西霞一抹无。

2013 年 10 月于江苏云湖国际会议中心

长江黄河分水岭

地走龙蛇分南北。
水分秦岭入海流。
秋深云落登高处，
兀离人间万里愁。

2013 年 10 月 24 日于西安

山水清音

龙背山森林公园

五五起伏天作圆，
百八浒将戟擎高。
园馆三复魂荟意，
只逝飞龙背空挠。

2013 年 10 月 30 日于江苏宜兴龙背山森林公园

茶溪谷

雨雾觅湿处，
茶溪流无住。
偷闲得一静，
能洗尘心无？

2013年12月15日于深圳

高空梵想

宇宙浩瀚吾微尘，
万空原来自性真。
无悟无觉是无明，
了断生死度众生。

2013 年 12 月 19 日于北海至西安航班

中国雾霾

红尘滚滚恶云生，
千里雾霾人欲昏。
饕餮自然才意得，
未几末日已囹圄。

2013 年 12 月 24 日于西安至郑州高铁

子夜吟

白雪黑夜中，

冷落四野同。

晓看无秽处，

只有暖日东。

2014 年 2 月 8 日于古都长安东

丽江

狮子山立万古楼，

金盆池中城廓稠。

玉龙雪山冰消融，

古乐流觞桃花瘦。

2014 年 3 月 9 日于丽江

烟雨楼

南湖春来早，
烟雨时飘渺。
诗留乾隆兴，
名重蓬莱岛。

2014 年 3 月 19 日于浙江嘉兴

云湖遐想

乳燕衔山色，

苍翠烟雨稠。

枕梦待曦至，

寻径东寺楼。

2014 年 4 月 13 日于宜兴云海间度假酒店

老宅断想

高密莫言文，
旧居续新闻。
高粱熟了食，
满腹是经纶。

2014 年 5 月 18 日于山东高密

秦岭断想

终南山峦费登坡，
云随峰转趣诣多。
道法自然人怆然，
万古流水逐逝波。

2014 年 7 月 12 日于秦岭分水岭

云太秋行

云太非五岳，
奇秀胜三山。
拾步秋闲里，
问樵在云巅。

2014 年 9 月 21 日于陕西云太山

空中杂感

飞云西头捧晚霞，
万寻尘客逐暮落。
苍茫天下空流过，
无限心机在娑婆。

2014 年 9 月 10 日于青岛至西安 MU5022 航班上

山水诗音

旅愁

琴岛有水隔三秋，

岭南无霜看万红。

温故欲说千般好，

孤衾拭泪在梦中。

2014 年 11 月 3 日于青岛胶州

再游杜甫草堂

诗落草堂万木生，
水走老桥无涛声。
幽情不遇千载过，
兀自狂飙来朝圣。

2014 年 11 月 5 日于成都

山水清音

都江堰

头分岷水内外走，
尾划飞沙宝瓶口。
鱼沃天府万民喜，
涤扫蜀郡亘古愁。

2014 年 11 月 6 日于都江堰市

汉太史司马祠

孤山芝水司马迁，
长冬浮云落日圆。
五体开记千古事，
无韵离骚鉴通天。

2015 年 1 月 2 日于韩城

123

党家村

玉殒塬边挂，
　相聚是人家。
鸡鸣自元时，
　幕落到天涯。
阁高雕梁密，
桃源种庄稼。
盘桓生古意，
离梦叹华夏。

2015 年 1 月 3 日于陕西韩城

洽川湿地

文王好逑太姒歌，
十里蒹葭关雎洲。
暖冰覆水浪前壁，
风颂诗经雅后愁。

2015 年 1 月 3 日于陕西韩城合阳

山水诗音

大秦岭

东濯淮水西昆仑，
隆贯龙脉南北分。
梵磬终南十三朝，
说与后人势繁纷。

2015 年 1 月 11 日于西安秦岭之巅

海口忆苏公

垂垂老矣不是头，
遥遥琼州何处投。
长风吹浪天落合，
又闻幽吟椰林后。

2015 年 2 月 8 日于海南海口

长想

中国心离南海端，

长安三亚一线牵。

无独天涯捧海角，

偶有钟南拱岭巅。

2015 年 2 月 11 日于三亚至西安 MU2338 航班

产业协同遐想

阿里秦岭长天下，
互联物联网最大。
借得玉龙三百万，
玉宇澄清吾华夏。

2015 年 3 月 22 日清晨于陕西西安

山水诗音

秦岭盘古幽缘·同学 30 年相聚记趣

牛背梁下盘古道，

四月来客踏芳早。

不是秦音相媚好，

白发谁家惹翁媪。

2015 年 4 月 12 日于陕西秦岭盘古山庄

西安灞临盘山公路

玉龙飞山曲绵延，
跃上葱茏几百旋。
云缀苍穹芳遍野，
一片幽情在夕烟。

2015 年 5 月 2 日过西安洪庆山国家森林公园

山水涛音

夜宿朱雀森林公园

山风追黑呼，
溪水和夜鸣。
阁楼盛幽梦，
不醒到天明。

2015 年 5 月 9 日于陕西朱雀国家森林公园

山水诗音

佛山祖庙

祖坛在祖庙，
叶问孔武道。
岭南多毓秀，
文明此昭耀。

2015 年 5 月 25 日于广东佛山祖庙

133

南风古灶

添柴加薪五百年，
南国窑龙石湾鉴。
曲径盘桓寻觅意，
不废幽情似水绵。

2015 年 5 月 26 日于佛山石湾

北海道记

汉江热风首尔柔，
札幌寒意街鸦愁。
曾遣倭夷说旧事，
寻经环保不干戈。

2015 年 6 月 4 日于日本北海道札幌

135

山水清音

北海道·小樽

倚峦坡城一湾水，
曾经鲱鱼浪里堆。
青山别邸说盛时，
唐客街头闲雨追。

2015 年 6 月 5 日于日本北海道小樽

136

山水清音

北海道·登别

地狱谷水硫磺味，
流入瑶池洗之累。
逍遥欲解身上腻，
罢了鬼卒挡门楣。

2015 年 6 月 5 日于北海道登别

富士山·河口湖垂钓

借来富士雪一勺，
赠与尾闾千鱼饕。
缘何渔翁勤勤钓，
只因山峰云色好。

2015 年 6 月 7 日于日本箱根富士山北麓河口湖畔

父子岭采梅

梅结青山上，
雨打采撷郎。
暮落炊烟起，
悻悻惜农桑。

2015 年 6 月 26 日于浙江长兴父子岭

139

北戴河观海

北戴河沿戏咸水，
波涛徐来浪漫堆。
人生事多垂钓难，
竿落西日鱼在催。

2015 年 7 月 9 日于北戴河

夜宿牛背梁盘古山庄

美庐借山居，
沉梦入涧流。
桃花源觅处，
皆是秦岭幽。

2015 年 7 月 11 日于陕西秦岭牛背梁盘古山庄

赠劲松

　　十余载不见，诗人小说家的贤弟蔡劲松已成为集雕塑、绘画等艺术于一身的跨界艺术家，真乃大画家吴冠中所说的野生天才艺术家。

风雨捧秋香，

云影掩松塘。

悠悠离别意，

日月惹墨殇。

2015 年 8 月 10 日于北京西苑饭店

鼓浪屿·日光岩

为"秦岭模式"事拜访民盟中央副主席、厦门大学郑兰荪院士，偷空登岛，感而记之。

兀自汪洋岛中立，
坐看岁月烟雨间。
寥廓娑婆头出没，
禅昧入定一万年。

2015 年 9 月 1 日于福建厦门

冲绳

暮落时分飞抵冲绳，一番旧识添成新愁。

藩属琉球今夷有，

暮落正是清凉秋。

夜踏酒肆寻旧事，

万里乡关使人愁。

2015 年 9 月 4 日于日本冲绳

鹿儿岛·山有 YM 菌

　　山村正一先生于三十而立之时发宏愿入道环保，用 38 年时间证得 YM 菌（雾岛火山超高温菌，因山村先生发现而以其姓名命名，故称 YM 菌）对于人类之大益，在享天伦之乐的古稀之年（先生已 74 岁）仍以青年之形、不变之诚弘环保天下之大法，此乃道佛精神也。

　　　　火山涅槃入凡尘，
　　　　道化污腐藉神明。
　　　　无漏无结大循环，
　　　　泽被宇宙济苍生。

2015 年 9 月 7 日于日本鹿儿岛

太湖饮

一湖一桌一瓮酒，

漫风骤雨品高秋。

醉罢弄舟推浪起，

觅得桃源与谁游？

2015 年 10 月 5 日于苏州吴江太湖

马嵬驿·杨贵妃墓

六军哗变马嵬驿，
贵妃钗落荒凉地。
长恨歌咏千古事，
秋风依旧草映逸。

2015 年 10 月 17 日于陕西兴平马嵬驿

山水清音

秦岭秋

秦岭秋独好，
红叶遍山野。
岭南又岭北，
各各显分别。

2015年10月18日于陕西秦岭广货街

落叶

冬飘黄叶满地金，
四野苍茫正凋零。
繁华落尽待来日，
草绿花香又是春。

2015 年 11 月 13 日于清华园

山水诗音

沙河夕色

　　陕西周至沙河两岸筑成"中国第一水街"，冬日里游
人不断，暮时看落日成双，环顾两岸商贾繁忙。

西望沙河落日双，

东走水席两岸忙。

暖不多时冬且尽，

春来草绿百花香。

2015 年 11 月 29 日于陕西周至水街

后记

出版诗集是始料未及的事，写诗源自本能，是生活和工作的一种需要。当足迹遍及全国各地，听到、看到和感知到大自然和各种人事信息时，潜在的诗性会苏醒。诗性唤起诗兴来，诗兴来了出诗来，大凡写过诗的人都有这种体验和体会。

写诗有韵律平仄格式要求，当然，现代自由体诗不受这些约束，而古体诗和近体诗又不同，前者宽松，后者比较严谨，比较讲究。通常把唐代之前的诗称为古体诗，近体诗是相对于古体诗而言的格律诗。现代人写近体诗，关于用（押）韵、对仗、平仄还是存在很多争论的。近体诗中只有律诗才讲平仄，而且还要以"一三五不论，二四六分明"宽之，而绝句则更宽之，甚至不讲。唐代王之涣的《登鹳雀楼》"白日依山尽，黄河入海流。欲穷千里目，更上一层楼"的平仄为"平仄仄平仄，平平仄仄平。仄平平仄仄，仄仄平平平。"按"一三五不论，二四六分明"还是合平仄的，也就是同句平仄交替，上下句平仄相对，即相反，邻句（第三第四句）平仄相粘，即相同。唐朝后期一点（晚于王之涣）的诗僧贾岛的《寻隐者不遇》"松下问童子，言师采药去。只在此山中，云深不知处"的平仄为"平仄仄平仄，平平仄仄仄。仄仄仄平平，平平仄平仄"，是不讲平仄的。因此，近体诗中律诗讲平仄，绝句难写，一般不讲平仄，念起来不平不拗基本顿挫就可以了，这样的例子可举很多。大诗人苏东坡的《饮湖上初晴后雨》"水光潋滟晴方好，山色空蒙雨也奇。欲把西湖比西子，淡妆浓抹总相宜"的平仄为"仄平仄仄平平仄，平仄平平仄仄平。仄仄平平仄平仄，仄平平仄仄平平"，是不合平仄的，就是在二四六上也是不合平仄的。李白的《静夜思》"床前明月光，疑是地上霜。举头望明月，低头思故乡"的平仄为"平平平仄平，平仄仄仄平。仄平仄平仄，平平平仄平"，是完全不合平仄的。杜甫绝句"两个黄鹂鸣翠柳，一行白鹭上青天。窗含西岭千秋雪，门泊东吴万里船"的平仄为"仄仄平平平仄仄，平平平平仄平平。平平平平平平仄，平平平平仄仄平"，也是几乎不合平仄的。所以我认为，写诗源自诗兴，其思想性和艺术性是最重要的追求目标，而平仄追求的是巧合，可遇不可求，可遇不要求，也就是说平仄的追求应让位于思想性艺术性的追求，因为平仄对诗的贡献只是抑扬顿挫，而对诗的思想性艺术性则几乎没有贡献。换句话说，平仄的过度追求会让诗的创作走入死胡同。为什么呢？因为平仄的过度追求无异于削足适履，使诗的自然、机巧和美妙的拙朴损失，落入东施效颦的后果，而对平仄的自然应合则是白璧无瑕，可遇不可求。

写诗成诗要有诗感，对仗可以明对暗对错对甚至不对，这样处理了就是古诗（近体诗）今写，既保留了古诗（近体诗）的简捷、韵律等好形式，又不受太多僵化的约束限制，我认为这是一条比较可行的近体诗传承路子，也是比较好的诗歌创作形式和实践。现代诗虽然自由，但是相对于近体诗来说篇幅较长，所花费的时间通常也就比较长，这个时间上的特点和要求对于不是专业从事诗歌创作的人来说就比较难。近体诗言简意赅，有极强的画面感、节奏感，还有对仗对称美，朗朗上口，便于咏读，便于流传，好的古诗、近体诗的千古传咏便是例证。

近体诗的式微是让人痛心的，如果继续这样发展下去，那么作为五千年灿烂中华文化奇葩的古老诗歌（古体诗、近体诗）就将失传（这不是危言耸听），因而传承革新是需要的，而创作实践就是最好的传承。

诗歌创作是源自大自然的，也要回馈大自然。这就要使诗歌创作植根于老百姓，写出的诗歌要博得他们的喜欢和喜爱，而闭门造车、无病呻吟是不可能做到这一点的。

诗歌是反映时代事件的，时代事件是靠无数的孤立的个体来串接的。本人作为一个重要对象参与了环保部有史以来最大的一个内发事件环保物联网（中国最大、世界第一）的建设，而环保物联网的建设和运转又是和中国政府把环保作为基本国策并向污染宣战的大背景紧密联系在一起的，所以我的诗歌创作有两个明显的特征——就是环保和行走，全国的环保和全国的行走。我的行走覆盖了全国，我的诗歌创作地也几乎覆盖了全国。

环保与诗，行走与思考，实践与感悟，是交织在一起的，是螺旋交替上升、相得益彰的。诗歌创作从来不是单一的"艺术"行为，要么是"温饱"之后的状物言情，要么是小资的病态或做作的"果物"，诗歌创作是围绕生命主线的，也即事业主线的（不论得意失意），历史上有成就的诗人无不如此。这说明诗歌不是一种装饰，而是佐事的武器，升起智慧的媒介。诗浸润心田，净化沉静心灵，而静生定，定生慧，所以懂诗写诗裨益多多。当有诗时，再难的事业都不会是尽头；当有诗时，再无助都会有一丝暖意在心头；所以诗意人生是坚强人生，诗意人生是智慧人生。诗性是每个人都有的，是怎样唤起和挖掘的问题，不是有无的问题。

整理诗集是再次捧读自己的心灵，是一段曲折人生的回放，慨之，泪之，唏嘘之，把自己一段心路历程打个结交出去，是无上的安慰和幸福。

环保是我的事业，行走是我的选择。我只有一个期待，那就是还有诗一路陪伴我的行走。

2015年12月于西安

图书在版编目（CIP）数据

山水清音 / 林宣雄著． —北京：中国青年出版社，
2015.12

ISBN 978-7-5153-4008-1

Ⅰ．①山… Ⅱ．①林… Ⅲ．①诗集—中国—当代
Ⅳ．① I227

中国版本图书馆 CIP 数据核字（2015）第 311005 号

书名题签：贾平凹
责任编辑：彭明榜
书籍设计：孙初 + 林业

中国青年出版社 出版 发行
社址：北京东四 12 条 21 号
邮政编码：100708
网址：www.cyp.com.cn
编辑部电话：（010）57350506
门市部电话：（010）57350370
北京科信印刷有限公司印刷　新华书店经销

787mm×1092mm 1 / 32 5.75 印张 50 千字
2016 年 1 月北京第 1 版　2016 年 1 月北京第 1 次印刷
定价：38.00 元